La Princesa de Negro se va de vacaciones

Shannon Hale & Dean Hale

Ilustrado por
LeUyen Pham

Traducción de Sara Cano

Beascoa

Título original: *The Princess in Black*
Takes a Vacation

Primera edición: junio de 2018

Publicado originariamente de acuerdo con el autor,
c/o BAROR INTERNATIONAL, INC., Armonk, New York, U.S.A.
© 2016, Shannon y Dean Hale, por el texto
© 2016, LeUyen Pham, por las ilustraciones
© 2018, Sara Cano Fernández, por la traducción

© 2018, de la presente edición en castellano:
Penguin Random House Grupo Editorial, S.A.U.
Travessera de Gràcia, 47–49. 08021 Barcelona
Realización editorial: Gerard Sardà

ISBN: 978-84-488-5108-8
Depósito legal: B-6662-2018

Impreso en IMPULS45
Granollers (Barcelona)

BE51088

Penguin
Random House
Grupo Editorial

Para Gus, Bronson, Linus, George y Frankie,
que son todos superhéroes

S. H. y D. H.

Para las princesas ninja Isla y Nova

L. P.

Capítulo 1

Estaba amaneciendo. La Princesa de Negro llevaba toda la noche peleando con monstruos. Así que estaba cansada.

La princesa Magnolia se tumbó en su blanda camita de princesa. Cerró los ojos. Estaba casi dormida cuando...

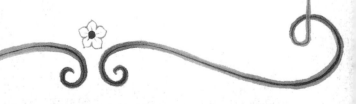

¡Rrring!

¡Rrring!

—¡La monstruo-alarma! —murmuró—. Otra vez no.

Tropezó y entró en el armario de las escobas. Se quitó el camisón de volantes. Se puso su traje negro. Ahora era la Princesa de Negro.

Una Princesa de Negro con muchísimo sueño.

Bajó por el pasadizo secreto...

... al lomo de su poni, Tizón.

Y fueron al prado de las cabras. Como ya había hecho catorce veces aquella semana.

—¡ROAR! —dijo un monstruo con un montón de dientes.

—¿Has dicho «roncar»? —preguntó la Princesa de Negro.

El monstruo dentudo sacudió la cabeza.

—NO. ROAR.

La Princesa de Negro pensó que ojalá hubiera dicho «roncar». Porque a ella le habría gustado estar roncando.

—¡COMER CABRAS! —dijo el monstruo.

—Las cabras no son tuyas —balbuceó la Princesa de Negro—. Son de Bruno. Vuelve a Monstruolandia.

El monstruo dentudo no quería volver a Monstruolandia. Estaba muy a gustito comiendo cabras.

Así que el monstruo dentudo y la Princesa de Negro se enzarzaron en una pelea.

El monstruo atrapó a la Princesa de Negro en su puño. Abrió la boca llena de dientes. Volvió a rugir.

La Princesa de Negro abrió la boca. Pero no le devolvió el rugido. Bostezó.

En ese momento, alguien le dio al monstruo un tirón de la cola.

Capítulo 2

Un chico con máscara y capa le dio al monstruo un tirón de la cola. Un chico al que la Princesa de Negro no había visto nunca.

—¿Tú quién eres? —preguntó la Princesa de Negro—. ¿Y dónde está Bruno el cabrero?

—¡Soy el Cabrero Justiciero! —respondió el Cabrero Justiciero—. Y Bruno el cabrero está ocupado, en otro sitio. Aquí no está.

igual ------->

igual

El Cabrero Justiciero medía lo mismo que su amigo Bruno. Tenía hasta la misma sonrisa. Pero no podía ser Bruno. Porque él no llevaba máscara.

igual

igual

—Qué raro —dijo la Princesa de Negro—. Bruno el cabrero siempre está aquí. Este es su prado. Estas son sus cabras.

—¡COMER CABRAS! —dijo el monstruo.

El monstruo seguía teniendo a la Princesa de Negro atrapada en el puño. Y seguía teniendo un montón de dientes en la boca.

—¡NO PUEDES COMERTE LAS CABRAS! —dijeron la Princesa de Negro y el Cabrero Justiciero.

El monstruo hizo una mueca. Allí había demasiada gente con máscaras.

Era todo muy confuso.

El monstruo soltó a la Princesa de Negro. Volvió a meterse en el agujero. En Monstruolandia nadie llevaba máscaras.

Capítulo 3

—Este es el monstruo número quince de la semana —dijo la Princesa de Negro.

Volvió a bostezar. Se recostó en la hierba. Tizón se acurrucó a su lado.

—Pareces cansada —dijo el Cabrero Justiciero.

La Princesa de Negro cerró los ojos. Una cabra le chuperreteó una oreja. Se dio media vuelta. Otra cabra le mordisqueó el pelo.

—Necesitas unas vacaciones —dijo el Cabrero Justiciero.

La Princesa de Negro abrió un ojo.

—¿Qué significa «vacaciones»? —preguntó.

—Dejar de trabajar un tiempo —dijo—. Ir a algún sitio bonito. Descansar.

—Suena genial. Pero no puedo irme de vacaciones. ¿Quién protegerá a las cabras?

El Cabrero Justiciero puso un brazo en jarras.

—¡No temas! —dijo—. ¡El Cabrero Justiciero se queda aquí!

Capítulo 4

—Unas vacaciones —murmuró la Princesa de Negro. Estaba llevando a Tizón al castillo.

—Unas vacaciones —comentó la Princesa de Negro. Trepó por el pasadizo secreto.

—¿Unas vacaciones? —preguntó la Princesa de Negro. Se puso otra vez el vestido de volantes. Ya no era la Princesa de Negro.

—¡Unas vacaciones! —exclamó la princesa Magnolia.

El Cabrero Justiciero se quedaría en el prado. Él vigilaría a los monstruos y salvaría a las cabras.

La princesa Magnolia hizo las maletas. Aquel era el momento perfecto para empezar las vacaciones.

Capítulo 5

La princesa Magnolia paseaba en bicicleta junto al mar. Después de todo, su poni también se merecía unas vacaciones.

El aire olía a sal. El sol brillaba. El mar era azul como el pelaje de un monstruo. El día era perfecto.

La princesa Magnolia se tumbó en una hamaca. Cerró los ojos. Estaba a punto de empezar a roncar cuando alguien dijo:

—Hola, princesa Magnolia.

La princesa Magnolia abrió los ojos. A su lado había un montón de comida. Junto al montón había otra hamaca. En la hamaca había un libro. Detrás del libro estaba la princesa Margarita.

—¡Qué sorpresa! —dijo la princesa Magnolia con la voz somnolienta más alegre que pudo.

—Pareces cansada —dijo la princesa Margarita—. Deberías echarte una siesta. No te preocupes de nada. Yo vigilaré que nadie te despierte.

—¡Gracias, princesa Margarita! —dijo la princesa Magnolia.

—De nada —respondió ella—. Para eso están las amigas.

La princesa Magnolia cerró los ojos.

—Luego podemos jugar a las damas —susurró la princesa Margarita.

La princesa Magnolia estaba a punto de echarse a roncar otra vez cuando oyó un ruido.

—¡ROAR!

La princesa Magnolia siguió con los ojos cerrados. ¿Un monstruo? ¿En la playa perfecta? Imposible.

—¡ROOOARRR!

La princesa Magnolia cerró los ojos más fuerte todavía. Igual ya estaba dormida. Igual estaba soñando.

—¡ROOOARRR!

La princesa Magnolia miró con un solo ojo.

Una cabeza enorme salió del agua. La cabeza tenía un cuello larguísimo. El cuello estaba unido a un cuerpo gigantesco.

Un monstruo marino estaba sembrando el terror en la playa perfecta.

—¡Lo siento! —dijo la princesa Margarita—. No he sabido cómo evitar que te despertara un monstruo marino.

La princesa Magnolia tampoco sabía cómo evitar que el monstruo marino hiciera daño a la princesa Margarita.

La princesa Magnolia calzaba chanclas. La princesa Magnolia se quemaba cuando le daba el sol. A la princesa Magnolia le daba vértigo mirar desde la ventana de un segundo piso.

La princesa Magnolia no podía luchar contra el monstruo marino.

Capítulo 6

El Cabrero Justiciero estaba en el prado de las cabras, muy tieso. Con los brazos en jarras. La barbilla levantada. Una sonrisa resplandeciente. Esperaba que llegaran los monstruos.

Las cabras mordisqueaban la hierba.

El Cabrero Justiciero hizo como si cortara el aire. Rodó por la hierba. Gritó:

—¡YAAA!

La cabras tragaron la hierba. Luego siguieron mordisqueando la hierba.

El Cabrero Justiciero intentó decir unas cuantas frases con gancho.

¡ATENCIÓN!

¡LARGO!

Una de las cabras eructó.

El Cabrero Justiciero se acercó al agujero. Monstruolandia estaba allí abajo. Los monstruos llevaban saliendo por él toda la semana. El Cabrero Justiciero había fabricado su propia monstruo-alarma con cencerros y cuerdas. Pero allí no se movía nada.

—¿Hola? —susurró el Cabrero Justiciero—. ¿Monstruos?

Las cabras siguieron mordisqueando la hierba.

Capítulo 7

Igual si me quedó aquí tumbada, el mons-truo se irá, pensó la princesa Magnolia.

—¡ROOOAAARRR! —dijo el mons-truo marino—. ¡COMER GENTE!

En la playa, la gente gritó.

—La gente está gritando —dijo la princesa Margarita.

La gente corrió.

—La gente está corriendo —dijo la princesa Margarita—. ¿Nosotras también deberíamos correr?

La gente tiraba los polos a la arena.

—Ese chico ha tirado su polo a la arena —dijo la princesa Margarita.

—¡COMER GENTE! —rugió el monstruo marino—. ¡GENTE RICA!

La princesa Magnolia suspiró.

—Tienes razón, princesa Margarita —dijo—. Deberíamos correr.

Hay quien dice que las princesas no corren. Pero aquellas dos princesas sí que corrieron. Corrieron muy deprisa.

La princesa Margarita corrió hacia el puesto de los polos. La princesa Magnolia hacia los cambiadores. Necesitaba su disfraz, y lo necesitaba ya.

Nadie sabía que la identidad secreta de la perfecta y delicada princesa Magnolia era la Princesa de Negro. Pero tenía que evitar que el monstruo marino se comiera a la gente, especialmente a la princesa Margarita. Después de todo, para eso están las amigas.

Capítulo 8

Bruno el cabrero se sentó y contempló pastar a las cabras. La máscara le picaba. La capa le raspaba. Así que se las quitó. Ojalá se hubiera traído un libro.

Tolón, tolón, tolón.

—¡La monstruo-alarma! —dijo Bruno.

Bruno se puso la máscara. Se ató la capa. Ya no era Bruno el cabrero.

¡TOLÓN!
¡TOLÓN!

El Cabrero Justiciero puso los brazos en jarras y dijo:

—¡Ajá!

Pero por el agujero no salió nada.

La cuerda de la monstruo-alarma se agitaba. Los cencerros repiqueteaban. Pero no había ningún monstruo a la vista.

Capítulo 9

La Princesa de Negro se plantó en la playa.

—Monstruo marino, no te puedes comer a la gente —dijo.

—¡ROARRR! —respondió el monstruo marino. Estrelló la cola contra el agua. Una ola rompió contra la orilla.

Igual no me oye, pensó.

La Princesa de Negro se subió a una roca. Se puso las manos alrededor de la boca.

—¡Bestia, compórtate! —dijo.

—¡ROAAARRRR! —respondió el monstruo marino. Estrelló la cola contra la playa. Estuvo a punto de aplastar el puesto de los polos.

Igual sigue sin oírme, pensó la Princesa de Negro.

Saltó a la cola del monstruo. Empezó a subir corriendo por ella. De repente, el monstruo levantó la cola.

La Princesa de Negro se resbaló. Y luego siguió resbalándose. La Princesa de Negro se agarró a la cola y la abrazó con fuerza.

No mires abajo, se dijo.

Miró abajo. Contuvo un grito. Las sombrillas parecían piedrecitas. Las personas parecían hormigas.

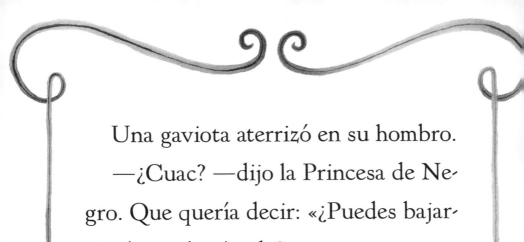

Una gaviota aterrizó en su hombro.

—¿Cuac? —dijo la Princesa de Negro. Que quería decir: «¿Puedes bajarme de aquí volando?».

—¡Cuac, cuac! —respondió el pájaro. Que quería decir: «Lo siento, pero pesas mucho».

—Cuac... —replicó la Princesa de Negro. Que quería decir: «Se suponía que estaba de vacaciones...».

Capítulo 10

El Cabrero Justiciero miró por el agujero con los ojos entrecerrados. Por él no apareció ni un tentáculo.

Entonces, ¿qué hacía sonar la monstruo-alarma?

¡Qué misterio! El Cabrero Justiciero se colocó bien la máscara. Se ajustó la capa (se pasó un poco apretándola). Se la aflojó. Entonces siguió la cuerda hasta un árbol.

Un animalito peludo se había quedado atrapado en ella. ¡Se revolvía! ¡Chillaba! Era... ¡una ardilla!

¡TOLÓN!

¡TOLÓN!

—¡Por fin! ¡Un monstruo! —dijo el Cabrero Justiciero. Una cabra que había por allí cerca baló, incrédula.

—Una ardilla puede ser un monstruo —le explicó el Cabrero Justiciero a la cabra incrédula—, si eres una bellota.

El Cabrero Justiciero liberó a la ardilla.

La ardilla chilló. Se alejó corriendo. A buscar bellotas a las que dar miedo.

—Baaa —dijeron las cabras. Eso probablemente quería decir que estaban orgullosas del Cabrero Justiciero.

Pero el Cabrero Justiciero se encogió de hombros. Él tenía ganas de un monstruo de verdad. Uno que diera miedo.

Capítulo 11

El monstruo marino tenía una cola larga, estrecha y resbaladiza. A la Princesa de Negro le recordó a su pasadizo secreto. Eso le dio una idea.

¡FIUUUU!

Si no hubiera estado tan cansada, des-
lizarse por ella habría sido muy divertido.

El monstruo marino tenía un lomo blando y que rebotaba, como un colchón. Tuvo que saltar sobre él para cruzarlo.

Este libro se terminó de imprimir

en el mes de mayo de 2018.

**LA PRINCESA
DE NEGRO**

**LA PRINCESA
DE NEGRO
Y LA FIESTA PERFECTA**

¡LE ESPERAN INCREÍBLES AVENTURAS!

¡NO TE LAS PIERDAS!

LA PRINCESA DE NEGRO Y LOS CONEJITOS HAMBRIENTOS

¡VUELA, TIZÓN, VUELA!

¿Qué le espera a la Princesa de Negro?

La princesa Magnolia se recostó a la sombra de un cocotero.

—Vacaciones —dijo. Cerró los ojos—. Roncar.

Y eso hizo.

La princesa Magnolia miró a su alrededor. La isla era pequeñita. No había nada en kilómetros a la redonda. Ni gente gritando. Ni cabras que chuperreteaban orejas. Y nada de monstruos.

Era perfecta.

—¡IIIHHH! —chilló la ardilla.

—¡AAAHHH! —dijo el monstruo con forma de bellota. Y volvió a meterse en el agujero de un salto.

El Cabrero Justiciero puso los brazos en jarras. ¡Lo había conseguido! Después de todo, él había salvado a la ardilla. Y la ardilla había espantado al monstruo. Así que, gracias a él, las cabras estaban a salvo. Y, en algún lugar, también gracias a él, la Princesa de Negro estaba de vacaciones.

—No —respondió ella.

El monstruo marino resopló. Hundió el cuello. Bajó la cola.

—Mmm..., puedes comer peces —añadió la Princesa de Negro.

El monstruo marino se puso derecho.

—¡SÍ! —dijo—. ¡COMER PECES!

Se deslizó a la punta de su hocico. Le miró directamente a los ojos.

—¡COMER GENTE! —dijo el monstruo marino.

—¡No! —respondió la Princesa de Negro—. ¡No te puedes comer a la gente!

Ahora el monstruo marino sí que la oía. Frunció el ceño.

—¿NO?

Si no hubiera estado tan cansada, sal-tar habría sido muy divertido.

El monstruo marino tenía el cuello largo como una torre. Tuvo que escalar para llegar hasta la cabeza.

En realidad, aunque estaba cansada, trepar fue muy divertido.

Pensó en tener un monstruo marino como mascota. Pero no cabría en el foso de su castillo.

Por fin llegó a la cabeza. El monstruo marino intentó deshacerse de ella. Así que la Princesa de Negro y el monstruo marino se enzarzaron en una pelea.